Todos los nombres y personajes relacionados en este libro son *copyright* de Atlantyca Dreamfarm s.r.l. y licencia exclusiva de Atlantyca S.p.A. en esta versión original. La traducción y/o adaptación son propiedad de Atlantyca S.p.A. Todos los derechos reservados.

Textos: Andrea Pau
Ilustraciones: Erika De Pieri
Color: Alessandra Bracaglia

Título original: *Il furto delle banane arrosto*
Versión original publicada por De Agostini Libri S.p.A., Italia
www.deagostini.it
© de la traducción: Manel Martí, 2014

Destino Infantil & Juvenil
infoinfantilyjuvenil@planeta.es
www.planetadelibrosinfantilyjuvenil.com
www.planetadelibros.com
Editado por Editorial Planeta, S. A.

© 2013 - Atlantyca Dreamfarm s.r.l., Via Leopardi, 8, 20123 Milán - Italia
© 2014 de la edición en lengua española: Editorial Planeta, S. A.
Avda. Diagonal, 662-664, 08034 Barcelona
Derechos internacionales © Atlantyca S.p.A., Via Leopardi, 8, 20123 Milán - Italia
foreignrights@atlantyca.it/www.atlantyca.com

Primera edición: febrero de 2014
ISBN: 978-84-08-12488-7
Depósito legal: B. 129-2014
Impresión y encuadernación: Cachiman Grafic, S. L.
Impreso en España - Printed in Spain

El papel utilizado para la impresión de este libro es cien por cien libre de cloro y está calificado como **papel ecológico**.

No se permite la reproducción total o parcial de este libro ni su incorporación a un sistema informático, ni su transmisión en cualquier forma o por cualquier medio, sea éste electrónico, mecánico, por fotocopia, por grabación u otros métodos, sin el permiso previo y por escrito de los titulares del *copyright*. La infracción de los derechos mencionados puede ser constitutiva de delito contra la propiedad intelectual (Arts. 270 y siguientes del Código penal).
Diríjase a CEDRO (Centro Español de Derechos Reprográficos) si necesita fotocopiar o escanear algún fragmento de esta obra. Puede contactar con CEDRO a través de la web www.conlicencia.com o por teléfono en el 91 702 19 70 / 93 272 04 47.

Andrea Pau

El robo de los plátanos asados

Ilustraciones de
Erika de Pieri

DESTINO

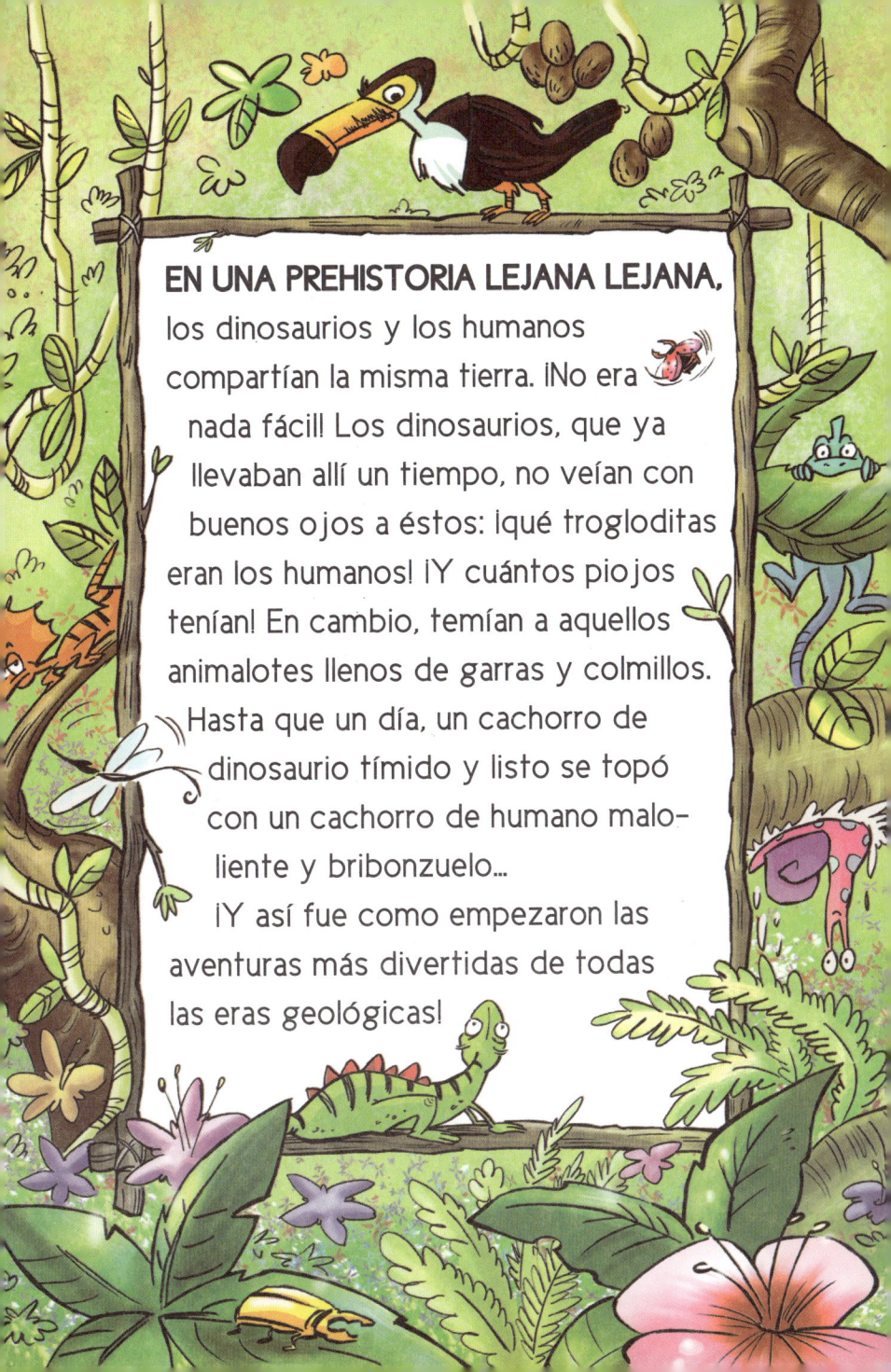

¡Bienvenidos a la prehistoria dinozoica!
Nosotros somos Mumú y Rototom
y éstos son nuestros amigos y amigas.
Dinosaurios empollones, cachorros
de humano revoltosos,
tigres que hacen de maestros...
¡Juntos viviremos un sinfín de aventuras, a
prueba de terremotos y lluvias de meteoritos!

CAPÍTULO 1
¡AAACHÍS!

Un viento helado barría el oasis que albergaba el poblado de los humanos. El verano estaba dando paso al otoño, las hojas caían de las ramas y…

¡AAACHÍS!

Los primeros estornudos estallaban en la boca de Mumú. Por desgracia, los estornudos de un dinosaurio son mucho más fuertes de lo normal… Los de Mumú, por ejemplo, ¡podían arrancar el techo de las cabañas!

Por eso Rototom, el cachorro de humano que además era su mejor amigo, había construido aquella choza especialmente para él. Era una ca-

Capítulo 1

baña gigantesca, pero como Mumú tenía la barriga tan enorme estaba muy estrecho allí dentro.

¡AAAAAAAACHÍS!

Rototom, alcanzado por el estornudo de Mumú, tropezó y se le cayó al suelo su colección de cachiporras.

—¡Por mil piojos saltarines, Mumú! —exclamó—. ¡Tienes que hacer algo con este resfriado tan feo!

¡Aaachís!

Muy enfadados, los piojos que abarrotaban la cabeza del niño tuvieron que secarse, tras la oleada de mocos dinosáuricos.

—Pe*do* ¡*d*si *d*ya me he *d*tomado la *d*sopa caliente de Gedeón! —protestó Mumú.

Gedeón era el cocinero del poblado y su sopa de col curaba la tos, la malaria, los picores, la varicela y el dolor de muelas. O al menos eso decía él.

—La culpa es del tiempo… hace un poco de fresco —explicó Rototom, mientras se echaba una pequeña manta de piel sobre los hombros.

—¡Hace MU*D*CHO fre*d*sco! —remarcó Mumú, tratando de meterse bajo la mantita y quedándosela toda para él.

Y entonces alguien llamó a la puerta.

¡TOC TOC TOC!

—¿Quién será? —preguntó Rototom, intrigado.

—Si es *b*para *b*i, diles que estoy d*b*ur*b*iendo —musitó Mumú. Tras lo cual, escondió el hocico

Capítulo 1

bajo la mantita (que sólo le cubría media nariz) y fingió que roncaba.

El niño corrió a abrir la puerta y al momento una ráfaga helada barrió la estancia.

¡SHHHHHH!

En el umbral aparecieron dos viejecitos ateridos de frío: uno alto y muy, muy gordo, y el otro bajo y muy, muy delgado. Ambos vestían unas pellizas desgastadas y llevaban una larguísima barba gris, que les llegaba a los pies.

—¡Frido! ¡Frodo!
—gritó lleno de emoción Rototom, mientras corría veloz a abrazar al hombre muy, muy gordo.

¡Aaachís!

—¡Despacio! —dijo risueño el viejecito, abrazando al pequeño.

Frido y Frodo eran dos ancianos viajeros que vagabundeaban por aquellas tierras prehistóricas.

—¿No nos invitas a entrar, Rototom? —preguntó el hombre muy, muy delgado, que se llamaba Frido—. ¡Aquí fuera hace un frío que te deja tieso!

—¡Parecemos dos cubitos! —confirmó Frodo, cerrando la puerta tras de sí—. ¡Eh, pero si te has construido una cabaña nueva! —exclamó—. ¡Cuánto espacio, enhorabuena!

Los dos viejecillos admiraron las singulares colecciones de Rototom: las cachiporras esparcidas por el suelo, los cepillos para piojos gigantes, los frascos con gusanitos…

—¡Y está decorada con mucho estilo! —dijo Frido, encantado—. Pero… un momento, ¡¿qué es eso de ahí?!

Capítulo 1

«Eso» era una especie de roscón enorme de color violeta, lleno de escamas y con una mantita en la nariz.

Frodo lo examinó con ojo crítico.

—Veamos… —dijo—. Dos alas acartonadas… escamas rasposas… y ahí abajo hay… ¡una cola!

Frido se puso pálido.

—Pa-p-arece… p-p-parece... —masculló.

Justo en ese instante, Mumú alzó el cuello y exhibió una gran y luminosa sonrisa.

¡Aaachís!

—¡Bue*das* *d*oches! —exclamó el dinosaurio, agitando la mantita llena de mocos como si fuera un pañuelo.

Aterrorizado, Frodo saltó a los brazos de Frido. Pero como era el más gordo de los dos, por poco lo aplasta.

—¡AAAH, es él, es él! —gritó—. ¡El terrible dinosaurio de la roca! ¡AAAHHH!

Ambos se arrodillaron ante Mumú, que los miraba desconcertado.

Capítulo 1

—¡No nos comas, oh poderosísimo dinosaurio...! —le suplicó Frodo, con la cabeza gacha—. ¡Ya te entregamos los plátanos asados!

—Ah, pero si aún tienes hambre, también podemos darte dátiles, miel, papaya, mandarinas... —se apresuró a añadir Frido—. ¡Vamos, lo que tú quieras!

Rototom y Mumú intercambiaron una mirada perpleja.

¡¿Plátanos... asados?!

CAPÍTULO 2
¡MUMÚ ES UN LADRÓN!

Frido y Frodo miraban a Mumú con los ojos bastante desorbitados de terror.

—¡No nos comas, somos viejos y correosos!

—¡Y estamos llenos de huesos!

—Además, la barba se te indigestaría…

—¡Ya te lo dijimos en lo alto de la roca!

Mumú sorbió por el hocico y los tranquilizó haciendo gala de su cortesía, como sólo un dinosaurio de exquisitos modales sería capaz de hacer.

—¡Muy *d*señores míos, *d*nunca me he co*b*mido a *d*ningún hu*b*mano! —les explicó—. ¡Y, además, *d*nunca an*d*tes los había vi*d*sto!

Capítulo 2

Los dos vagabundos se lo quedaron mirando estupefactos y empezaron a hablar ambos a la vez, armando un gran guirigay.

Rototom trató de calmarlos.

—¡Por mil millones de meteoritos! —exclamó—. ¡Hablad de uno en uno, no se entiende nada! Entonces, cogió una de sus cachiporras y descargó un golpe a un milímetro de los pies de ambos viejecitos, que hizo temblar toda la cabaña.

¡CATACLONK!

Los dos se callaron al instante.

—¡Así me gusta! —dijo el niño, contento, tras lo cual dejó la cachiporra en el suelo y se frotó las manos—. Y ahora, queridos señores, explicádmelo todo con calma.

¡Mumú es un ladrón!

Frido y Frodo se tranquilizaron y contaron que la noche anterior se habían detenido en la Roca del Platanero Trepador. Pero cuando se disponían a darse un atracón de plátanos asados, los interrumpió un rugido poderoso, terrorífico, ¡como para hacerse pipí encima!

«¡Marchaos de aquí, o de lo contrario os comeré!», dijo una voz atronadora.

Y justo en ese instante, Frido y Frodo vieron la sombra de un gigantesco dinosaurio, proyectándose en la pared de la roca: pequeñas alas en el lomo, patas cortas, cola gruesa…

—… y un barrigón redondo, ¡igual que el tuyo!

—¿Cóbo, cóbo, cóbo? ¿Guién diene badigón? —replicó Mumú, mientras metía la barriga hacia adentro. Siempre era muy susceptible con los comentarios sobre su peso.

—Ejem, ejem, quería decir… ¡abdomen musculoso! —rectificó Frido, con una sonrisa que dejó

Capítulo 2

a la vista toda su dentadura—. ¡En cualquier caso, era su sombra, señor dinosaurio!

—¡Eso no es posible! —protestó Rototom con firmeza—. ¡Anoche mi amigo Mumú estaba en el poblado, con un fuertísimo dolor de estómago ocasionado por una indigestión de leche de mamut y rábanos!

Al recordarlo, Mumú se relamió los bigotes.

—Ah, rába*d*nos… —repitió con ojos soñadores—. ¡Qué *d*ricos!

Frido y Frodo no sabían qué pensar.

—¡Sin embargo, la sombra era realmente idéntica a la de este extraño dinosaurio! —insistieron de nuevo.

Rototom se dio una palmada en la frente.

—¡Pues claro, Mumú! —exclamó entusiasmado—. Si no eras tú, pero era un dinosaurio igual que tú… ¡eso significa que hemos encontrado a uno de tus semejantes!

¡Mumú es un ladrón!

En efecto, Mumú había sido adoptado por una manada de dinosaurios, pero nunca había conocido a alguien con su mismo aspecto. Tal vez el de la roca fuera un pariente suyo. Quizá incluso su mamá, o un tío… ¡Hasta se conformaría con que fuera su bisabuelo político!

Loco de contento, empezó a saltar y a bailar con Rototom, haciendo temblar toda la cabaña.

Capítulo 2

—¡Venga, chicos! —exclamó Rototom—. ¡Todos fuera, vayamos tras el ladrón! ¡Y si además es un dinosaurio igual que Mumú, mejor que mejor!

Abrió de par en par la puerta de la cabaña y… lo embistió una ráfaga de viento frío, tan frío que se le congeló la naricilla al instante.

Mumú soltó otra serie de estornudos.

¡AAAAAACHÍS! ¡ACHÍS-ACHÍS-ACHÍS!

Llenos de las salpicaduras mucosas de Mumú, Rototom y los dos vagabundos buscaron refugio debajo de un escritorio de baobab.

Luego, poquito a poco, Mumú fue dejando de estornudar y volvió a ponerse la mantita, que esta vez le cubría la otra mitad del hocico.

—¡BRRR! ¡Pen*d*sándolo bien*d*, se*d*á mejo*d* es*b*erar a *b*aña*d*na! —sugirió, mientras se ovillaba en su mullido jergón—. ¡BUE*D*AS *D*OCHES A TODOS!

CAPÍTULO 3
¡PREPARADOS... YA!

A la mañana siguiente, bien temprano, Rototom fue a llamar a sus amigos Alma y Granito.

Alma era la jovencita más despierta del poblado y Granito un mozalbete que se quejaba por todo y no paraba de tirarse pedos.

Sin embargo, cuando llegó a la cabaña de Alma, Rototom se llevó una desagradable sorpresa.

Su pequeña amiga estaba en cama, con las mejillas coloradas a causa de la fiebre. A su lado, Madame Popup, la tigresa de dientes de sable que hacía de maestra en el poblado, le estaba dando una cucharada de infusión medicinal.

Capítulo 3

Junto a la cama estaba también Otelo, el mamut más achacoso de todo el mundo dinozoico, que refrescaba la frente de la enferma con un paño mojado.

—¡Alma no podrá salir hoy! —sentenció Madame Popup—. ¡Y no se hable más!

—Pero ¡tenemos que ir a la Roca del Platanero Trepador! —protestó Rototom—. Hay un dinosaurio que…

¡Preparados... ya!

—¡Un dinosaurio! —exclamó Alma, despabilándose de golpe—. ¡Oh, TENGO que verlo!

—Alma no debe enfriarse —dictaminó Otelo—. ¡Imagínate qué problema si, por ejemplo, se pone a llover! ¡Con esta gripe, no puede mojarse bajo ningún concepto!

Y dicho esto, sacudió la trompa con el paño mojado, salpicándolo todo. En especial la cabeza de la pobre Alma.

—¡Pues menos mal que no debía mojarse! —lo regañó la maestra.

Ruborizado, Otelo empezó a secar a la niña.

—Ejem, ejem —masculló.

A continuación, Rototom fue a casa de Granito y se lo explicó todo. Su amigo preparó inmediatamente las provisiones para el viaje: miel, nueces de coco, caquis, papayas…

—«¡Si quieres triunfar en ruta, no te olvides de la fruta!» —sentenció orgulloso.

Capítulo 3

—¡¿Pero qué proverbio es ése?! —le preguntó Rototom.

—¿Te gusta? —preguntó Granito iluminado—. Me lo acabo de inventar. ¡He decidido que de mayor seré inventor de proverbios!

La idea no estaba nada mal, si tenemos en cuenta que en la prehistoria todavía circulaban muy pocos proverbios.

Junto a Granito estaba Plumona, su gaviota enana, que no podía permanecer mucho tiempo alejada del tufo de su amo.

Los tres se reunieron con Mumú, que ya estaba en el desierto, dando vueltas por las dunas. ¡No cabía en sus escamas de la emoción!

—¿Estamos preparados? ¿Eh? ¿Eh? —farfulló—. ¡Soy tan feliz que se me ha ido el resfriado!

—¡Qué bien, estás curado! —exclamó Rototom. Para celebrarlo, descargó un buen cachiporrazo en la cola de su amigo.

¡Preparados... ya!

—¿Frido y Frodo no vienen? —preguntó Granito.

—No —respondió Mumú.

Han dicho: «¡Ya hemos tenido bastante de dinosaurios!»

Y así, los chicos y Mumú se pusieron en marcha.

La roca no se hallaba muy lejos. Y un poco más tarde…

—¡Ya hemos llegado! —exclamó Rototom, señalando una montaña.

—¡Doble atracón de papayas para quien llegue primero! ¡Preparados… YA! —gritó Granito.

Capítulo 3

Mumú salió disparado hacia la meta. Y, al hacerlo, movió las patas a tal velocidad que levantó una gran nube de arena a su alrededor.

—¡Cof! ¡Cof! ¡No veo nada! —gritó Granito, mientras escupía arena y se daba aire con la pobre gaviota pelona.

—¡Tú y tus ideas! —masculló Rototom.

Cuando por fin la nube de arena se hubo posado en el suelo, los dos niños se dieron cuenta de que Mumú ya había llegado a su destino.

Y… ¡no estaba solo!

CAPÍTULO 4

LA ROCA DEL PLATANERO TREPADOR

La famosa roca era un picacho cubierto por las hojas de un platanero gigante. El claro que quedaba bajo el árbol estaba lleno de mondas amarillas y amarronadas.

—Qué lugar tan extraño —comentó Rototom—. ¡Me gusta!

Granito se encogió de hombros.

—¡No es más que una roca con un platanero encima! —dijo, zanjando el asunto—. Ya me dirás qué tiene de particular…

Tras el montículo de mondas, sentados junto a Mumú, había dos extraños personajes.

Capítulo 4

—¡Éstos son Gogo y Tumbuctú! —dijo el cachorro a modo de presentación—. ¡Ellos también han visto el dinosaurio! —añadió excitado.

—¡Ya lo creo! —confirmó Gogo. Era un chimpancé flacucho de aire antipático. Estaba asando un plátano en una pequeña hoguera.

Tumbuctú, en cambio, era un ratoncillo orondo, con una cola larguísima y pinta de astuto. Llevaba una bufanda de piel de leopardo sucia y maloliente alrededor del cuello.

La roca del platanero...

A Rototom le habría encantado darles un buen garrotazo de bienvenida a ambos, pero se contuvo: en realidad aún no los conocía lo suficiente.

—¡Huy sí, sí, claro que hemos visto a ese dinosaurio tan malo! —confirmó Tumbuctú—. ¡Tenía dientes afilados y unos ojos muy feroces!

—¿Y las alas? —preguntó Mumú, impaciente.

—Eran finas y con escamas… ¡tan feas como las tuyas! —respondió Gogo, mientras mordía el plátano asado sin ofrecer ni un pedacito a los recién llegados.

Rototom se enfadó. ¡En lugar de un cachiporrazo de bienvenida… aquel monicaco se merecía dos o tres patadas en el trasero!

Mumú, por su parte, solamente pensaba en una cosa: encontrar al dinosaurio fantasma.

—¿Hablasteis con él? —preguntó.

—¡¿Quééé?! ¡Ni loco! —exclamó Tumbuctú—. ¡Ese animalote es un ladrón de provisiones!

Capítulo 4

—Por cierto, tontorrones… ¿no tendréis algo para picar? —los interrumpió Gogo, frotándose la barriga—. ¡Los plátanos se han terminado!

Un poco a su pesar, Granito le ofreció una magnífica papaya.

—Toma…

Gogo se la estaba metiendo en la boca, cuando Tumbuctú lo detuvo.

—¡Muy bonito, Gogo, eres un maleducado! —lo reprendió—. ¿Qué se dice?

Mumú sonrió, pensando que el simio iba a decir «gracias».

Sin embargo… Gogo le devolvió la papaya a Granito.

—¡Pélala! —le ordenó—. ¡Y de prisa, ¿eh?!

Mumú alzó los ojos al cielo, resignado. ¡Aquel chimpancé era más palurdo que un humano!

CAPÍTULO 5

¡UN DINOSAURIO VOLADOR!

Mumú, Rototom y Granito dejaron a aquellos dos tipos tan antipáticos y se pusieron a buscar el rastro del dinosaurio comilón.

—Qué raro, no veo ninguna huella… —observó Rototom—. ¡Sin embargo, un gigante como él debería dejar un montón!

—¡Los dinosaurios podemos movernos con mucha agilidad, ¿qué te crees?! —replicó Mumú, haciendo una pequeña pirueta para demostrarle su gracia.

En realidad, giró sobre sí mismo como una rosquilla, y al instante cayó de bruces.

Capítulo 5

Los dos niños y el cachorro de dinosaurio inspeccionaron el terreno palmo a palmo, como sabuesos prehistóricos. También examinaron el suelo con detenimiento, pero sólo hallaron una seta venenosa y un montón de piedras.

Al final acabaron bastante desanimados… todo el día dando vueltas… ¡y no habían encontrado nada! Cuando el sol se puso, se detuvieron junto a un barranco, en una gruta lo suficiente grande para que también cupiera Mumú, y se dispusieron a pasar la noche.

Rototom, haciendo un considerable esfuerzo y sacando la lengua para concentrarse mejor, cinceló un mensaje en una piedra, avisando a los del poblado de que Granito y él pasarían algunas noches fuera. ¡La caza del ladrón estaba resultando más larga de lo previsto!

Granito anudó el mensaje al cuello de Plumona con una liana.

¡Un dinosaurio volador!

—¡Venga, vamos, pequeña, vuela al poblado! —le dijo, animándola a cumplir el encargo.

Sin embargo, al momento de haber alzado el vuelo, la gaviota empezó a chillar como una loca.

—¡IIIAAA! ¡IAAAA!

—¡Ya vale, Plumona! —le ordenó Granito.

Pero el ave, inquieta, se lanzó en barrena contra la cabeza de su amo y empezó a picotear, haciendo una escabechina de piojos.

¡RATATATATA-TATATATATATA!

—¡Ay! ¡Oy! ¡Uy! —gimoteó Granito, tratando de protegerse de los picotazos—. ¡¿Se puede saber qué te pasa?!

Capítulo 5

Mumú reflexionó:

—Hummm… Tal vez quiere decirte algo…

La gaviota asintió y remontó el vuelo hacia el cielo.

—¡IIIAAA! ¡IAAA! —insistió.

Granito alzó la vista y…

—¡AAAAAAAH! ¡Atención, llega un dinosaurio volador! —gritó.

Mumú y Rototom miraron en aquella dirección, pero el sol les daba en los ojos y sólo pudieron vislumbrar la sombra de unas enormes alas unguladas.

¡Era espantosa!

—¡Los dinosaurios voladores se comen a los niños! —gritó aterrorizado Rototom—. ¡Me lo dijo Arrugarrú!

En efecto, Arrugarrú, el jefe del poblado, era un poco maniático con los dinosaurios. Según contaba, los voladores se comían a los niños, los

¡Un dinosaurio volador!

gordos se comían a los mayores y los que tenían cola a los medianos.

Rototom se resguardó en un arbusto, pero en cuanto se metió entre las ramas, soltó un grito:

—¡AY!

Granito corrió hacia él, alarmado.

—¿Qué sucede, Rototom? —preguntó—. ¡Ya voy!

Y él también se metió de cabeza en el arbusto. Pero al instante…

Capítulo 5

—¡AYAYAYAYAY! ¡QUÉ DOLOR! —gritó.

Mumú iba a ayudar a sus amigos, cuando el dinosaurio volador lo llamó. ¡Y además por su nombre!

—¡Romualdo Leopoldo Tercero, eres tú!

Mumú entornó los ojos para verlo mejor.

—¿Eh? ¿Quién eres? —masculló.

El otro dinosaurio se posó en tierra y lo miró con desaprobación.

—¡¿Será posible?! —le dijo—. ¿Es que ya no saludas a los amigos?

Y por fin Mumú lo reconoció. Mejor dicho, *la* reconoció. ¡Aquella pterodáctila era una vieja conocida! Tenía la cabeza alargada y llevaba un gran zurrón de piel sobre el lomo.

—¡Svetlana! ¡Eres tú! —gritó Mumú.

Y corrió a abrazarla. O al menos lo intentó, ya que las alas de Svetlana eran largas y puntiagudas, como las de un murciélago gigante.

Los dos empezaron a charlar alegremente hasta que la voz de Rototom, bajita, bajita, reclamó su atención desde el arbusto.

—Ejem, ¿podríais ayudarnos? —preguntó.

Y es que Granito y él se habían quedado atrapados en el zarzal.

En cuanto los vio, Svetlana se llevó un buen susto: ¡cachorros de humano! ¡Hacía mucho tiempo que no veía uno tan de cerca!

—Mumú… —murmuró—, ¿los conoces?

El cachorro de dinosaurio asintió con vigor.

Capítulo 5

—¡Ya lo creo! —respondió—. ¡Son mis amigos!

Y dicho esto, sacó a los dos niños de las zarzas.

Ambos estaban hinchados y tenían arañazos de las espinas.

—¡La verdad es que me siento como una brocheta! —gimió Rototom.

—¡Y yo como una albóndiga! —añadió Granito, contrariado.

Svetlana los observó con curiosidad.

—¡Caramba, sí que vais sucios!

—¡¿A quién estás llamando sucio?! —dijo Granito, ofendido—: ¡Yo estoy mugriento! ¡El año pasado sí estaba sucio, pero ahora ya soy mayor!

—¿Y yo, qué? —intervino Rototom—. ¡Yo, actualmente, ya soy todo un guarrete!

La pterodáctila se tronchó de la risa. ¡Ya se había topado con algún que otro ser humano, pero nunca había visto a dos cachorros de esa especie tan pilluelos!

CAPÍTULO 6
¿DÓNDE ESTABAS, MUMÚ?

Mumú presentó oficialmente a su apreciada amiga pterodáctila.

—Svetlana es la encargada de repartir el correo urgente a los dinosaurios —explicó—. El zurrón que veis a su espalda está lleno de paquetes, que ella entrega a los dinosaurios del mundo dinozoico... ¡los conoce a casi todos!

—Sin el «casi», amigo mío —matizó Svetlana con aire profesional—. ¡Los conozco REALMENTE a todos!

Mientras hablaban, los dinosaurios trataban de extraerles las espinas a Rototom y a Granito,

Capítulo 6

que estaban tendidos boca abajo y gimoteaban de dolor.

—¡Ay! ¡Oy! ¡Uy!

—¡¡¡Despacito!!!

Por fin, ambos pudieron incorporarse, frotándose el trasero.

Granito se plantó frente a Svetlana y la miró.

—Tú no te comes a los niños, ¿verdad? —le preguntó.

No se fiaba demasiado de nadie.

¿Dónde estabas, Mumú?

Svetlana hizo una mueca de disgusto y dijo:

—¡Uf, de eso nada! ¡Son de lo más indigestos! Pero si os apetece, tengo el zurrón lleno de piñas. A fin de cuentas, ya casi es la hora de la cena…

En efecto, el sol empezaba a ponerse y el anochecer se volvía fresco y umbrío.

Granito y Rototom encendieron un fuego, usando un pequeño pedernal y se sentaron a mordisquear dos hermosas rodajas de piña.

Mumú le preguntó a su amiga pterodáctila cómo iban las cosas en la tierra de los dinosaurios.

—¡Ah, hay alguien que se pregunta por dónde andas, querido! —respondió Svetlana.

—¡¿De verdad?! —preguntó Mumú, muy sorprendido—. ¡Creía que ni siquiera se habrían dado cuenta de que me había ido!

La pterodáctila le guiñó un ojo.

—¡Bueno, yo me percaté en seguida! —respondió—. Desapareciste sin más, de un día para otro…

¿Dónde estabas, Mumú?

Mumú se ruborizó. ¡Después de todo, era un dinosaurio muy tímido!

—Verás, estaba harto de que siempre se burlaran de mí… —explicó—. Y, además, acabé en el fondo de una grieta; por suerte, Rototom y los demás cachorros de humano me salvaron. ¡Es más, desde entonces somos amigos dinozoicos!

Rototom y Granito asintieron y se estrecharon contra él.

—¡Los amigos más megalíticos de la prehistoria! —precisaron ambos a la vez.

—Escuche, señorita pterodáctila —dijo Rototom—, ¿por casualidad no habrá visto otro dinosaurio por aquí? ¿Uno que se parece a Mumú?

Svetlana se rascó el pico.

—Ahora que lo dices… —recordó—, yo también he oído hablar de él. ¿Sabes?, ¡gracias a mi trabajo siempre estoy al corriente de los últimos chismorreos!

Capítulo 6

Los ojos de Mumú se iluminaron al instante.

—Pero ¿tú lo has visto? —preguntó éste.

Svetlana reflexionó.

—En realidad, no. Y nadie ha sabido describírmelo bien. Pero por lo que dicen, te pareces un montón, ¿sabes? Es más, hay un detalle que coincide exactamente con tu descripción.

Mumú, Rototom y Granito abrieron los ojos y las orejas de par en par, y hasta Plumona dejó de revolotear ante el dramatismo de aquel momento.

Svetlana tosió y siguió con su relato:

—Veréis, ¡al parecer, ese dinosaurio siempre tiene hambre! Igualito que uno que yo me sé… —y le guiñó un ojo a Mumú.

Granito y Rototom estallaron en una carcajada, mientras el cachorro se ruborizaba.

—¡Ufff! ¡Qué graciosa! —masculló.

Y entonces, resonó un estruendo colosal por toda la roca. ¡BRROOOOUUUMMM!

¿Dónde estabas, Mumú?

Svetlana escrutó el cielo.

—¡Oh, no, se acerca una tormenta! —exclamó alarmada.

Granito se refugió bajo su ala, pero luego miró hacia arriba.

—¡Un momento… eso no es una tormenta! —afirmó.

Sin embargo, hacía el mismo ruido. ¡Y era cada vez más intenso!

Rototom fue el primero en comprender qué sucedía. Señaló un punto en el horizonte y gritó con todas sus fuerzas:

—¡LEMMINGS!

CAPÍTULO 7

¡CORREMOS, CORREMOS, CORREMOS!

—¿Lemmings? —preguntó Mumú.

—¿Los lemmings no viven más al norte? —inquirió Svetlana—. Y además son unos roedores diminutos, ellos solos no podrían armar este jaleo.

Efectivamente, los lemmings eran una especie de hámsteres prehistóricos, peludos y llenos de afilados dientes, que roían cuanto hallaban a su paso... ¡desde cachiporras hasta colas de dinosaurio!

A pesar de que eran muy pequeños, se movían en grupos tan numerosos que podían formar una bandada peluda capaz de cubrirlo todo… ¡rocas, prados, llanuras, árboles!

¡Corremos, corremos, corremos!

—Corren veloces, y a veces se suben a una roca y se lanzan desde arriba —recordó Granito.

—¡Sí, se precipitan desde alturas increíbles! —confirmó Rototom—. ¡Nos lo explicó Madame Popup, nuestra maestra! —precisó.

El estruendo se iba acercando:

¡BROUMMMMMM!

Por fin, Mumú miró hacia delante y los vio. ¡Los lemmings eran muchísimos, velocísimos y aguerridísimos!

—¡Adelante, mis lemmings! —los espoleaba su líder—. ¿Qué es lo que hacemos?

—¡Corremos, corremos, corremos! —respondieron los roedores a coro, como un ejército de soldaditos peludos.

Y se dirigieron hacia nuestros amigos, que ahora se hallaban al borde del precipicio. Corrían tan rápido que hacían temblar la tierra. ¡Rototom y Mumú sentían el movimiento bajo los pies!

Capítulo 7

—¡Corremos, corremos, corremos! —seguían gritando los animalillos.

Pero en cuanto distinguieron la oronda silueta de Mumú, se asustaron.

—¡AAAAH, el monstruo comeplátanos! —gritó el líder.

—¡Frenemos, frenemos, frenemos! —respondieron a coro todos los demás.

Mumú y Granito, al ver toda aquella legión peluda que se les venía encima, dieron un paso atrás instintivamente. Y después otro y otro más, hasta que…

¡Corremos, corremos...!

—Mumú, ¿no tienes la sensación de que el suelo es mucho más blando? —le preguntó Granito, sin apartar la vista de los lemmings que llegaban.

—¡Ya lo creo! —confirmó Mumú—. Casi diría que…

Miró hacia abajo y vio… ¡el vacío!

¡Ambos estaban cayendo por el precipicio!

Detrás de ellos se precipitó también Plumona, aleteando como una loca.

Svetlana y Rototom los vieron caer, horrorizados. Al fondo discurría un río oscuro e impetuoso.

—¡Socorrooo! —gritó Mumú.

—¡El río NOOO! —vociferó Granito, que odiaba bañarse—. ¡No quiero lavarmeee!

Sin embargo…

¡PAFFF!

Los dos terminaron en las frías aguas del río y fueron arrastrados por la fuerte corriente, entre salpicaduras y violentas olas.

CAPÍTULO 8

¡VOLANDO!

Asomados al precipicio, Svetlana y Rototom habían asistido a la escena sin poder hacer nada por sus amigos.

—¿Habéis visto la que habéis armado? —les gritó Rototom a los lemmings, blandiendo su gigantesca cachiporra.

—Pero ¡no ha sido nuestra culpa! —le respondió el líder de los lemmings—. Solamente hemos hecho lo que hacemos siempre: corremos, corremos y…

—¡Sí, ya lo sé… corréis, corréis, corréis! —lo interrumpió el chico, impaciente. Y a continuación

Capítulo 8

le dijo a la pterodáctila—: ¡Svetlana, tenemos que salvar a nuestros amigos!

Svetlana asintió con el pico.

—¡Estoy contigo, pequeño humano de largos cabellos! ¡Salta a mi grupa, ha llegado la hora del rescate aéreo!

Rototom se ató la cachiporra a la faldita y saltó al lomo de la pterodáctila, que tomó un ligero impulso y alzó el vuelo. El niño estaba excitadísimo: ¡hasta ese momento sólo había volado con Mumú, que no era precisamente una flecha! En cambio, sentir el viento azotando sus mejillas era una sensación… ¡megalítica!

Svetlana batió sus alas enérgicamente y se lanzó en picado hacia el fondo del precipicio. Allí, encajado entre dos altos márgenes rocosos, discurría el río al que habían caído Mumú y Granito.

—¿Los puedes ver? —preguntó Svetlana, mientras daba media vuelta a ras de agua.

—¡No! —respondió Rototom, alarmado—. ¡Tal vez la corriente los haya arrastrado río abajo!

Siguieron sobrevolando el agua hasta que Rototom divisó algo.

—¡Allí están! —gritó.

Svetlana entornó los ojos y reconoció el inconfundible barrigón de Mumú sobresaliendo entre las olas, y a Granito tratando de agarrarse desesperadamente a la pobre Plumona.

—¡Rototom! ¡Svetlana! —gritó Mumú, en cuanto vio a sus salvadores—. ¡¡¡Menos mal!!!

Capítulo 8

Svetlana se posó en la superficie. Rototom sujetó a Mumú de las alitas y trató de ayudarlo a vencer la fuerza de la corriente.

—¡MMMMMMPFFFF! —gruñó a causa del esfuerzo.

Pero no había nada que hacer: ¡el dinosaurio pesaba demasiado!

La corriente los arrastró a todos hacia un punto en que las paredes rocosas se estrechaban y el río se veía obligado a discurrir por una garganta.

Entonces Rototom tuvo una idea.

—¡Svetlana, llévame a lo alto de aquellas rocas que dan a la garganta! —le pidió.

La cartera prehistórica no acababa de entender la idea del niño, pero decidió obedecerle. Con un par de potentes aleteos ganó altura y, moviéndose a gran velocidad, en pocos segundos alcanzó la roca que se hallaba en picado sobre la garganta.

¡Volando!

Sin esperar siquiera a que Svetlana aterrizase, Rototom saltó al suelo y cogió su garrote. Lo empuñó con ambas manos y lo levantó. Era el doble de grande que él, pero el niño lo manejaba sin el menor esfuerzo. Comenzó a golpear el filo del precipicio.

¡BONK! ¡SBAM! ¡TUMB! ¡CRAC!

Svetlana no daba crédito a lo que veían sus ojos dinosáuricos. La roca se resquebrajaba bajo los golpes del niño y las piedras caían abajo, depositándose en el fondo del río.

Poquito a poquito, Rototom fue arrancando trozos de piedra cada vez más grandes, uno tras otro.

Capítulo 8

Abajo se formó una especie de dique, que frenaba la velocidad de la corriente.

Svetlana, que ahora ya había comprendido lo que tenía el niño en mente, descendió para avisar a Mumú y a Granito, que ya casi habían llegado a la garganta.

—¡Mumú, sujétate a las rocas que ha hecho caer Rototom! ¡Rápido, rápido!

CAPÍTULO 9

EL CAMPEONSAURIO

Mumú y Granito se agarraron a las rocas y lograron arrastrarse a tierra firme. Tendidos sobre un saliente de piedra, recuperaron el aliento y se secaron un poco.

—¿Estáis de una pieza? —preguntó Svetlana.

—Estamos… ¡UFF! ¡Estamos bien! —resolló Mumú. Al hablar, escupió un buen chorro de agua y de su boca salió un gran pez dorado, que al verse libre lanzó un suspiro de alivio y se zambulló en el río.

—¡Mejor que sea así! —comentó Svetlana—. ¡Porque ahora os espera una buena ascensión!

El campeonsaurio

Granito y Mumú alzaron la vista al cielo y vieron que Rototom los saludaba desde lo alto del precipicio… ¡desde muuuy arriba!

—¡GLUBS! ¡¿Y nosotros tendremos que subir hasta allí?! —dijo Mumú, abrumado.

—Por fuerza —farfulló la pterodáctila, riéndose.

Y así, mientras la noche descendía sobre la tierra prehistórica, Mumú y Granito pusieron todo su empeño en escalar la pared rocosa. Tenían muchos asideros y la pendiente no era demasiado vertical, pero ambos llegaron a la cima cuando la luna ya estaba alta en el cielo, redonda y amarilla.

Capítulo 9

—¡Os habéis tomado vuestro tiempo! —bromeó Rototom.

—Pues hemos ido rápidos… —dijo Mumú—. ¿No has visto qué pared tan difícil hemos escalado? ¡Es casi más alta que el Pico Inaccesible!

Rototom soltó una carcajada.

¡El Pico Inaccesible era el más alto y, a su lado, aquel barranco era un terraplén!

—Nos hemos convertido en dos auténticos deportistas —afirmó Granito—. Primero la natación, luego la escalada…

—¡Así es, ahora ya soy todo un campeonsaurio! —dijo Mumú, con orgullo.

—No sólo eso —contestó Rototom con una risita burlona—, incluso habéis inventado un nuevo deporte… ¡el salto de bajura! ¡Ja, ja, ja!

Mumú y Granito, ofendidos, le volvieron la espalda a su amigo. Entretanto, se les acercó el líder de los lemmings.

El campeonsaurio

—Ejem, querido dinosaurio, queríamos pedirte disculpas… —murmuró, dirigiéndose a Mumú—. Rototom nos ha explicado que tú no eres el comeplátanos, pero ¡la verdad es que te pareces muchísimo!

Al oír hablar del dinosaurio de la roca, Mumú se emocionó.

—En realidad solamente vimos su sombra… —precisó el lemming—, pero tenía la misma silueta que tú: cuello largo, alitas en el lomo, patas cortas y…

—… ¡y abdomen musculoso! —se anticipó a decir Mumú.

—De hecho, iba a decir barrigón, pero ya nos hemos entendido —le respondió el lemming—. Hace

Capítulo 9

algunas noches, ese tunante nos robó nuestras provisiones: ¡plátanos, cacahuetes, avellanas y mazorcas! Por eso, ¡en cuanto te vimos nos ha entrado un canguelo dinozoico!

Mumú resopló. ¿Cómo podía ser tan maleducado y tan sinvergüenza aquel dinosaurio comeplátanos?

Estaba pensando en ello cuando, agotado por los grandes esfuerzos de la jornada, se durmió junto al fuego.

CAPÍTULO 10
¡REGRESO A LA ROCA!

A la mañana siguiente, en cuanto el sol asomó, los lemmings despertaron a todo el mundo con un gran estruendo.

Rototom, aún medio dormido, se acercó a los pequeños roedores.

—¿Ya os vais?

—¡Así es! —respondió el líder—. Estábamos aquí para las vacaciones estivales, pero cuando se acerca el otoño debemos regresar al norte. ¿Te vienes con nosotros?

—¡Oh, no, no! Yo estoy bien en el desierto —respondió el niño.

Capítulo 10

Svetlana también tenía que dejar a nuestros amigos, para realizar las entregas del día.

—¡En cuanto termine el trabajo me reuniré en seguida con vosotros! —les aseguró.

Mientras la pterodáctila se alejaba revoloteando en el cielo azul, Mumú suspiró.

—¡Ya la echo de menos! —dijo.

—Para distraer al dinosaurio de su melancolía, Rototom y Granito hicieron balance de la situación en la que se encontraban.

—Hemos peinado toda la zona que circunda la roca y no hemos hallado ningún rastro —dijo Rototom—. Mumú, quizá tu semejante tiene más facilidad que tú para volar…

—¿Veamos, y eso qué tiene que ver? —intervino Granito, que a primerísima hora de la mañana razonaba con cierta lentitud. De hecho, a decir verdad, razonaba con lentitud a cualquier hora del día.

¡Regreso a la roca!

—¡Despierta ya! —le dijo Rototom, dándole un toque en la cocorota con su garrote—. ¡Si vuela, es lógico que no deje huellas!

Granito se rascó la cabeza.

—Pero si vuela, ¡alguien tiene que haberlo visto! Estos andurriales están llenos de animales voladores. Buitres, cóndores…

—¡De acuerdo, volvamos a la roca y sigamos buscando! —propuso Rototom.

Al cabo de unas horas, los tres volvían a estar ante el platanero de la roca.

Sin embargo, esta vez notaron algo diferente. En las hojas más altas y robustas del árbol se habían posado un par de cóndores con la cabeza pelada.

—¡Si nuestro amigo comeplátanos sabe volar, seguro que esos dos pajarracos tienen que haberlo visto! —observó Rototom, al que nunca se le escapaba un detalle—. Pero ¿cómo se lo preguntamos?

¡Regreso a la roca!

—¡Tengo una idea megalítica! ¡De eso se encargará nuestra Plumona! —exclamó Granito.

Se llevó aparte a la gaviota y le susurró algo. Al cabo de unos instantes, Plumona alzó el vuelo hacia los dos cóndores. Revoloteó ante ellos una, dos, tres veces, hasta que el más pelado de los dos movió ligeramente la cabeza y…

¡PRRRRRRRRRRRRRRRRRR!

¡Le hizo una colosal pedorreta!

Plumona, ofendidísima, descendió volando rápidamente y se ocultó detrás de Granito. ¡Qué pájaros tan groseros!

—No hay nada que hacer… —dijo Rototom, lanzando un suspiro—. ¡Tendremos que trepar hasta ahí arriba!

CAPÍTULO 11
BOOONNNGGG

Mientras brillaba el ardiente sol de la tarde, nuestros amigos iniciaron su ardua escalada.

Rototom y Granito subían sin demasiadas dificultades, pero el pobre Mumú sudaba y resoplaba, resoplaba y sudaba. Cada diez pasos tenía que detenerse porque se le empañaban las gafas.

Finalmente, todos llegaron arriba.

Allí estaban los dos cóndores, dormitando indiferentes.

Granito se aproximó a ellos, se aclaró la voz y, con todo el garbo de que era capaz (que, por lo demás, era poquísimo), les dijo:

Booonnnggg

—¡Hola, pajarracos! Quisiera preguntaros…

Las dos aves alzaron la vista unos segundos, hicieron una pedorreta y volvieron a dormirse. ¡Incluso empezaron a roncar!

—¡Vaya modales! —exclamó Granito, molesto.

—Deja, probaré yo —intervino Mumú.

Y entonces se dirigió a los cóndores con sus modales de perfecto gentilsaurio.

—Disculpen por haber interrumpido su sueño, amabilísimos y majestuosos cóndores. ¿Los señores no habrán visto por azar a un dinosaurio muy parecido a mí? ¿Un dinosaurio volador, con pequeñas alas y un físico vigoroso como el mío?

Los cóndores despegaron los párpados y observaron a Mumú con ojos cansados. Y entonces…

¡PRRRRRRRRRRRRRRR-PRR-PRR!

Le hicieron una pedorreta aún más descarada, y de nuevo se pusieron a dormir tranquilamente.

—¡Vaya modales! —convino Mumú.

Capítulo 11

—¡Ya me encargo yo! —exclamó Rototom, acercándose a las dos avechuchas maleducadas.

—Rototom siempre tiene una solución para cada ocasión —le susurró Granito a Mumú—. ¡Y siempre es la misma!

En efecto, el niño alzó su cachiporra, descargó un golpe fortísimo en las ramas del platanero e hizo caer algunos racimos.

¡BOOONNNGGGGGG!

Los racimos de plátanos cayeron al suelo y los dos cóndores, aturdidos, perdieron el equilibrio y empezaron a aletear asustados.

Entonces Rototom los agarró por las patas con una mano y con la otra empezó a blandir el garrote por encima de sus cabezas emplumadas.

—Así pues, ¿vais a decírmelo o no? ¿HABÉIS VISTO UN DINOSAURIO VOLADOR?

Los dos pajarracos negaron con la cabeza, muy aterrorizados.

Booonnnggg

—¿Estáis seguros, seguros? —insistió Rototom, mientras apuntaba la cachiporra directamente a sus picos encorvados.

Ambos pajarracos se echaron a lloriquear, y afirmaron con la cabeza con más convencimiento todavía.

—Muy bien, sois unos fantásticos plumíferos —dijo Rototom, soltándoles las patas. En cuanto se vieron libres, echaron a volar atropelladamente.

Seguían sin hallar ni rastro del doble de Mumú. Desanimados, los tres amigos cargaron los racimos de plátanos en el lomo del dinosau-

Capítulo 11

rio y, a continuación, bajaron hasta un claro que había frente al platanero.

Encendieron un fuego y asaron plátanos, pero sin dirigirse la palabra. ¡Estaban demasiado abatidos para charlar!

La oscuridad descendió sobre la Roca del Platanero Trepador. Y justo cuando nuestros amigos estaban a punto de hincarle el diente al primer plátano asado, una voz cavernosa surgió de entre las rocas cercanas al árbol.

—¡Quietos ahí! ¿Quién osa comer sin antes ofrecerle un justo tributo al señor de la roca?

Los tres amigos se estremecieron ¡Aquella voz era realmente espantosa! Se volvieron hacia la pared de piedra, que era de donde provenía la voz y...

¡Increíble! ¡En la polvorienta superficie apareció recortada la sombra de un dinosaurio!

Grande, enorme.

¡Y... era idéntico a Mumú!

CAPÍTULO 12

¡CACHORRO DE HUMANO, QUIETO AHÍ!

Rototom, Granito y Mumú se quedaron mirando fijamente la sombra, con la boca abierta.

Frido, Frodo y los lemmings tenían razón. Los dientes, las alitas, la larga cola… parecía la mismísima sombra de Mumú.

—¡En especial el barrigón! —observó Granito.

Rototom miró de reojo a Mumú. ¡El dinosaurio estaba tan emocionado que temblaba!

—¿No respondéis? —siguió diciendo la voz—. ¡Dejad los alimentos que os estáis comiendo y alejaos, si no queréis convertiros vosotros en mi comida! ¡Os lo ordena el monstruo de la roca!

Capítulo 12

Rototom, que no sentía el menor canguelo de una sombra, respondió:

—Mira, si tienes hambre, ¿por qué no sales a comer con nosotros? Puedes estar tranquilo, ¡hay plátanos para todos!

La voz vaciló:

—Hum, hum... pero ¡vosotros estáis en mi territorio! ¡Debéis hacer lo que yo os diga!

Pero ahora los niños y Mumú ya se habían recuperado de la sorpresa y no se sentían en peligro: ¡después de haber conocido a Mumú y a Svetlana sabían que los dinosaurios también podían ser muy simpáticos!

Así pues, Rototom cogió un plátano y corrió veloz hacia la sombra de la roca.

¡Cachorro de humano,...!

La voz, muy insegura, trató de detenerlo:

—¡Qui-quieto ahí, cachorro de humano! ¡No vengas, si no quieres que te coma de un bocado!

—¡Vamos, no seas así, sal! —lo animó Rototom—. ¡A lo mejor resulta que tú también eres un poco tímido, como nuestro amigo Mumú! Él es un dinosaurio como tú, ¿sabes?

—¡Qué tímido, ni tímido! —masculló la voz—. ¡Yo soy malísimo, rabiosísimo, ferocísimo! ¡Así que vuelve a tu sitio o te arrepentirás!

Pero a esas alturas Rototom, llevado por su insaciable curiosidad, ya estaba escalando la roca, desapareciendo de la vista de sus amigos. Mumú y Granito, en cambio, sorprendidos por su presteza, se habían quedado junto al fuego.

Desde allí podían ver los movimientos de la sombra de Rototom, proyectados en la pared. El niño llegó hasta el monstruo y... de pronto, empezó a carcajearse:

Capítulo 12

—¡Ja! ¡Ja! ¡Ja! Me habría esperado cualquier cosa menos esto… ¡Ja! ¡Ja! ¡Ja!

Granito y Mumú abrieron la boca de par en par al mismo tiempo, produciendo un seco ¡TLAK!

¿Qué estaría pasando detrás de aquella roca?

Se reunieron con Rototom y… ¡ellos también estallaron en una carcajada!

—¡JA, JA, JA! ¡¡¡ESTO NO PUEDE SER VERDAD!!!

CAPÍTULO 13
¡MISTERIO DESVELADO!

Detrás de la roca no había dinosaurios, ni monstruos ni ninguna bestia sanguinaria.

La sombra en la pared de la Roca del Platanero Trepador pertenecía a… ¡Tumbuctú!

Era él: el ratoncillo picarón que nuestros amigos habían conocido el día anterior.

Su sombra parecía tan grande por efecto de una hoguera que Gogo, su cómplice, había encendido allí mismo.

—¡No me lo puedo creer! ¡Vosotros sois los responsables de los robos! —dijo Rototom, en cuanto logró dejar de reír.

Capítulo 13

—¡Debería daros vergüenza! —les riño Granito.

Plumona también se sumó a la reprimenda, picoteándoles la cocorota.

—¡Lo sentimos, estábamos hambrientos! —gimoteó Tumbuctú—. Como somos un par de holgazanes, todo el mundo nos evita y nadie nos da de comer… ¡en definitiva, robar era la única manera de no morirnos de hambre!

—¡Además, si alguien es lo bastante tonto como para tragarse un truco tan viejo, se merece que le roben! —añadió Gogo, que no hacía nada por parecer un poco menos antipático.

¡Misterio desvelado!

—¡No nos castiguéis, por favor… prometemos que a partir de ahora seremos buenos! —les aseguró el ratón.

—Vale, os perdonamos —accedió indulgente Rototom—. Pero ¡tenéis que devolver toda la comida que habéis robado, o de lo contrario os haremos trabajar!

Gogo trató de protestar:

—¡¿TRABAJAR?! ¡De eso nada!

Pero Tumbuctú le dio un codazo en las costillas.

—¡Pues claaaaaro que lo devolveremos todo! —aseguró—. ¡Haremos lo que queráis!

Capítulo 13

Tras los primeros instantes de sorpresa, Mumú se sintió embargado por la melancolía.

—¡Qué lástima, mi semejante ni siquiera existía! —murmuró—. Y yo que albergaba tantísimas esperanzas…

—¡No pienses más en ello, Mumú! —le dijo Rototom para consolarlo—. ¡La próxima vez lo encontraremos!

El grupo se dispuso a abandonar el refugio que durante tanto tiempo habían utilizado aquellos truhanes para llevar a cabo su engaño.

Y entonces, ante sus propias narices, el ratoncillo saltó al hombro del chimpancé y le dijo:

—¡Vamos, Gogo! ¡Corre lo más aprisa que puedas! ¡No tengo la menor intención de trabajar para estos pelmazos!

El chimpancé echó a correr en dirección al desierto, pillando por sorpresa a Rototom, Granito y Mumú.

¡Misterio desvelado!

Pero la huida de los dos cómplices duró poco, porque una piña, lanzada con precisión milimétrica, le acertó al chimpancé de lleno en la cabeza.

¡CATAPLONC!

Tras recibir el impacto, Gogo puso los ojos en blanco y se desplomó, arrastrando a Tumbuctú.

Mumú alzó la vista. ¡Ya sabía quién había lanzado la piña!

—¡Svetlana, ya has vuelto!

La pterodáctila sobrevolaba la roca en círculos y sonreía contenta.

—¡He acabado el reparto antes de lo previsto! —explicó—. ¿Qué me decís, os queda algún plátano para una pobre cartera voladora?

CAPÍTULO 14
DE VUELTA A CASA

A la mañana siguiente, nuestros amigos se pusieron en marcha de regreso a casa.

Gogo y Tumbuctú iban en el centro del grupo y acarreaban dos enormes racimos de plátanos, que les devolverían a Frido y a Frodo. Rototom y Granito iban unos pasos por delante. ¡No veían la hora de llegar al poblado para contarles a todos su aventura!

Mumú, en cambio, caminaba arrastrando las patas y la cola por la arena, con las gafas caladas sobre el hocico. Saltaba a la vista que estaba triste y abatido.

De vuelta a casa

Svetlana revoloteaba a su lado, pero no le preguntó nada por delicadeza.

Sólo cuando tuvieron el oasis a la vista, el dinosaurio se decidió por fin a hablar.

—He decidido que no regresaré al poblado de los humanos —anunció, lacónico.

Los dos niños lo miraron con los ojos abiertos como platos.

—¡¿Qué?! —exclamó Rototom.

—Será mejor que te miren, puede que te haya dado demasiado el sol en la cabeza. ¡A los dinosaurios también les pasa! —comentó Granito.

—¡No, estoy muy bien! —replicó Mumú—. ¡Hace mucho tiempo que falto de mi manada, y si alguien me está buscando y da con vuestro poblado podría haber problemas! No todos los dinosaurios son tan encantadores como Svetlana…

Rototom se quedó de piedra. ¡No quería separarse de su mejor amigo!

Capítulo 14

—Pero nosotros… nosotros —masculló, tratando de reprimir las lágrimas—… ¡Nosotros somos los amigos más megalíticos de la prehistoria!

Mumú, sonrió a su pequeño amigo.

—¡Pues claro que lo somos, y siempre lo seremos! —le dijo afectuoso—. Verás, vendré a visitarte a menudo, sin que los otros dinosaurios se den cuenta. ¡Te lo prometo!

Rototom se enjugó una lágrima y abrazó con fuerza a Mumú y a Svetlana.

De vuelta a casa

Luego, los dos tomaron el camino que conducía a la tierra de los dinosaurios, donde vivían con el resto de la manada.

Los niños los observaron en silencio hasta que desaparecieron en el horizonte.

Y en ese instante, Granito dijo:

—¿Qué me dices de éste?: «¡Dinosaurio que se va, tristeza al poblado traerá!»

—Hazme un favor —dijo Rototom, entre carcajadas—, deja ya de inventarte proverbios. ¡Eres malísimo!

Ambos se echaron a reír como simios, mientras el sol desaparecía entre las dunas del desierto. Pronto vivirían una nueva aventura junto a Mumú y sus amigos. ¡Estaban seguros de ello!

ÍNDICE

1. ¡Aaachís! 9
2. ¡Mumú es un ladrón! 17
3. ¡Preparados… ya! 23
4. La Roca del Platanero Trepador 29
5. ¡Un dinosaurio volador! 33
6. ¿Dónde estabas, Mumú? 41
7. ¡Corremos, corremos, corremos! 48
8. ¡Volando! 53
9. El campeonsaurio 60
10. ¡Regreso a la roca! 65
11. Booonnnggg 70
12. ¡Cachorro de humano, quieto ahí! 75
13. ¡Misterio desvelado! 81
14. De vuelta a casa 86

¿Queréis conocer a nuestro autor y a nuestra ilustradora?

ANDREA PAU

nació en 1981, en Cerdeña, de la que no puede estar lejos demasiado tiempo. Autor de la serie *Rugby Rebels* (Einaudi Ragazzi) y del cómic *Radio Punx*, ha colaborado con Piemme, Gaghi Editore y con distintos periódicos. Le encantan los Clash y la pizza con alcaparras y anchoas.

ERIKA DE PIERI

nació con los pies en Motta di Livenza y la cabeza en un castillo entre las nubes, al que regresa a menudo para refugiarse y dibujar, escribir, pintar y crear fragmentos de fantasía. Ha trabajado con Becco Giallo, Barbera Editore y Lavieri Editore. En su tiempo libre le encanta vivir aventuras junto a la pequeña Viola.

¡No os perdáis las aventuras de Mumú y Rototom!

Se ha desatado un caos prehistórico: ¡un dinosaurio ha robado los plátanos del desierto! ¡Y se parece muchísimo a Mumú! Rototom y su banda parten a la caza del ladrón, al que perseguirán... ¡hasta la última monda!

Mumú y Rototom son dos cachorros: uno es un tímido dinosaurio y el otro un pequeño pilluelo. ¿Qué sucede cuando se encuentran por primera vez? Pues... un sinfín de contratiempos, una amistad inesperada y una aventura... ¡dinozoica!